献给我的妻子赖静静、儿子陶陶，以及纸上的故乡。

你们之间的引力，形成我内心的潮汐。

内心的潮汐

叶申仕 著

百花洲文艺出版社
BAIHUAZHOU LITERATURE AND ART PRESS

图书在版编目（CIP）数据

内心的潮汐 / 叶申仕著. -- 南昌：百花洲文艺出版
社,2021.10
ISBN 978-7-5500-4428-9

Ⅰ.①内… Ⅱ.①叶… Ⅲ.①诗集－中国－当代
Ⅳ.①I227

中国版本图书馆 CIP 数据核字(2021)第 199803 号

内心的潮汐
NEIXIN DE CHAOXI

叶申仕　著

出 版 人	章华荣
责任编辑	郝玮刚
封面设计	肖景然
书籍装帧	兰　芬
制　　作	书香力扬
出版发行	百花洲文艺出版社
社　　址	南昌市红谷滩区世贸路 898 号博能中心 A 座 20 楼
邮　　编	330038
经　　销	全国新华书店
印　　刷	苏州彩易达包装制品有限公司
开　　本	880mm×1230mm　1/32　　　印张　5.125
版　　次	2021 年 11 月第 1 版第 1 次印刷
字　　数	108 千字
书　　号	ISBN 978-7-5500-4428-9
定　　价	36.00 元

赣版权登字　05-2021-360

网址　http://www.bhzwy.com
图书若有印装错误，影响阅读，可向承印厂联系调换。

叶申仕 ....

　　1986年生于浙江省温州市苍南县桥墩镇。浙江省作家协会
会员。入选浙江省第八批"新荷计划"人才库。曾参加第二届
长三角新青年诗会。作品见于《诗刊》《星星》《扬子江》
《诗选刊》《青春》《诗潮》《青年文摘》《诗歌月刊》《江
南诗》《星火》《上海诗人》《散文诗》等刊物。有诗文入选
《2020年中国诗歌精选》等选本。现居温州市洞头区。

目录
CONTENTS

辑一　小叙事

辑三　词语的孤岛

辑四　夜晚的情绪

◎

辑一

小叙事

◎

异乡的夜晚正从明天赶来

每个星期天的傍晚
我会和妻子驱车
前往异乡的夜晚
我们驶上年久失修的 104 国道。
路两旁穿林打叶的风声
孩子别离的啼哭。路面颠簸
意外打开后座的行李箱
破碎的酒与牛奶和旧衣裳。

在 104 国道的很多路口
我们遇到的红灯总是比绿灯多
高速公路上，妻子进入梦境
我调低了车上的音乐。
路上奔驰着太多的车
太多像我一样，在不断加深的夜里
赶往陌生远方的车。
我的车超过了一些车
并与他们同行了一段路程

但更多的车，从后视镜里超过了我
我们在不同的匝道口分开
又与其他新的车辆驶上同一条道路
尽管我们的车灯照亮不同的地图。
几只夜行的小型哺乳动物
从铁制护栏的草丛里蹿出来
冒险横穿，到公路的对面去。

在一个固定的服务区
我把车开进红色的加油站
有一个戴红帽子的中年男人
会为我的车子加满 95 号汽油。
我继续把车开向前方
从一座跨海大桥上下来
有时候，我会把车停进一间
只有我一辆车的深夜汽修铺
而被钉子扎破的
总是车子的左后轮。
后来，在整箱汽油耗尽之前
在一个不确定的黎明到来之前
我们结束 500 多公里的路程。
这时妻子重新醒来
我们摇下车窗，接受同一个月亮
唯一的祖传之物
古老光明的照耀。

立秋日，中年之晨

阳台上五岁小儿，浇灌墙上花的旧影
厨房传来妻子清晨的咳嗽，
递送粳米粥和雪梨百合的味道。
我先衰的膝盖，预知今天寒冷的天气。
当然，窗外城市公园，梧桐叶子上提前到访
的雪霜是个例外，呼应着人生最长最难
的季节，命运的立秋。
昨晚谢灵运邀我同饮永嘉黄酒，
同游残山剩水，悬崖与我上下。
大梦初醒，拿过床头纸笔
草记梦中偶得，诗的断句。
宿醉的中年之晨，举杯阔论后的空寂。
有那么一刻，左手边衣柜的镜子
视我为静物。新的一天熹微光影的素描。
它无限接近于取走我的全部，
因被动地投放我起床的过程，
又忽略了我抻平被单褶皱的细节。
十分钟后，吃过为了告别的早餐，

太阳下向生活的山重水复低头，
又彻夜闭门著书的小职员，
从大楼的第十九层降下，
现实主义的车轮驶向更西的终点。

一个无所事事的下午

看太阳的脚步，缓慢地
从我的茶杯里爬出
走出院子，又蹚过小溪
向一座山上爬去
带走茶水、鱼群，以及庄稼的温度
看三月的乌云
那在别处受了委屈的脏孩子
飞奔到我的面前哭泣
看岸边的孩子，在孩子的泪水中奔跑
手里的红皮球掉落黄昏的溪里
两个夕阳，在上涨的时间里随波逐流

我将目光收回。看我的孩子
吮吸手指，在一场春雨中
酣睡

十八岁的日晷

十八岁时在旷野呆站了一整天
像一根指针插进泥土里
大地为盘,太阳缓慢地搬动影子
我站在一层薄薄的大气之下
是一颗尘埃站在另一颗尘埃上

我在等待一道闪电
而地平线在等待一个被闪电击中的人
我仰着脸,进行身心的光合作用
并释放出体内的凡俗小事
远处隐约传来妈妈喊我回家
的呼唤声像是梦境

"可是妈妈,今夜我就要出门远行
"我依然是你岩石上的孩子。可是妈妈
"我将不再以十八岁的日晷计时
"不再绕着太阳公转。可是妈妈

"我是脱离了轨道的星星

"从一颗星星遨游向另一颗

"孤独而自由且永不衰亡的星星。"

孤旅

去路，江湖接大海。
你奔赴的欣喜如早年乡下卫生院
那个多病的孩子
不知即将接受针刺之痛而含着糖。
但别了吧孩子，
因你来的和要去的地方，我都不曾去过。
你将独自依靠黑暗穿越黑暗，
就像依靠激流穿越激流。

然我为何不忧不伤？
不知是否因为
你会从水的下游向我逆流，
穿过今夜的雨——
当某瞬你想起码头上挥手的人，
隐约感知彼岸即此岸。
当我梦见枷锁而你梦见钥匙。

仿佛渡河之后，

你该会忘了我这只船，
可一想到吹过我的晚风将鼓起你的帆
我就心安如此刻无骨的月光。

南方妹妹

我九岁，妹妹七岁
她被醉酒的陌生叔叔粗暴地抱住
一朵野丁香被风掀起花裙子
在我家童年的后院里

高处的眼睛目睹又闭上——
二楼的爸爸关上了二楼的窗户
三楼的哥哥退出三楼的阳台
屋顶的太阳退缩到一片瓦片里
妹妹稚嫩的哀求声退回
哥哥永远的偏头痛里

我二十九岁，妹妹二十七岁
她披着新娘的白头纱
像一个蒙面侠女，站在我的对面
"哥哥，小时候那次在后院
"其实，我早就看见了
"二楼的爸爸和三楼的你"

妹妹笑笑，转身走向异乡的新郎

今夜，我站在落满梅花的山冈
北望妹妹出嫁的方向
她的夜空，快速地流下含光的热泪

躲猫猫

今天是冬至，
天上的爷爷六岁了
比我还小三岁呐。
像往年的冬天一样
他给我寄来一场大雪。
我打开窗户的封口，
看见白色信纸铺在大地上，
却空无一字。
多像他还在人间的时候啊，
总是喜欢跟我玩躲猫猫，
这次又把天空的秘密藏了起来。
就连胖乎乎的雪人先生，
这受人尊敬的邮递员叔叔，
也忍不住加入了游戏，
悄悄躲进暖暖的阳光里，
只留下一串
不知道走向哪里的脚印。

红气球飘到哪里去了

更小的我，在曾经的公园
追着，停在半空中的红气球
蝴蝶和夕阳，一直保持着危险的距离
抬起脚步的人，不迈出他们的脚步
跷跷板两头的男孩女孩，练习着平衡术
大榕树下的棋盘无战事
最远处，愤怒的喷泉收敛着脾气
而妈妈提前退出现场，充当光影的捕手

照片里的事物脱离语言，不说悲喜
也从不说出，岁月下一秒的细节

再也没有云淡风轻的九月公园
再不复那时火烧般的天空
唯有红黑两军隔着楚河汉界，对峙至今
年幼的儿子，翻开相册问我：爸爸
那只红色气球，后来飘到哪里去了呀

我家的晚餐偏咸一点

我的护士妈妈，下班后
变身超级勤劳的围裙妈妈
演奏锅碗瓢盆交响曲
可她经常在厨房里抹眼泪
起先不知道原因，我很担心她
后来爸爸告诉我，那是因为
妈妈想起了她的病人
想起病人康复了，就开心
就流下喜悦的泪水
想起病人没能医治好，就难过
就流下悲伤的泪水

今天妈妈肯定又偷偷哭了
肯定又一边炒菜一边哭了
因为我家的晚餐又偏咸了一点
但我反倒更爱妈妈了
因为她晶莹而善良的泪珠里
闪烁着天使般的光芒

黑色炊烟不会变成乌云

黑色炊烟不会变成乌云，是后来的事
是某个童年的秋日傍晚
更小的我，像一只调皮的小花猫
独行于放学路上，一点一点
抽走夕阳红色的毛线团
远远看见自家的烟囱
一朵一朵吐着黑烟
赶回家中，夺下妈妈手中
即将送进灶膛的一爿柴火
说黑烟飘到天上就会变成乌云
乌云多了就会下雨
老师说如果下雨
明天就不带我们出去秋游了

妈妈哈哈的笑声
未能抚慰小小的担忧
吃完一顿半生不熟的晚饭
早早躺回更接近星星的阁楼

窗外的夜空充满危险。一闭上眼睛
就看见一场大雨下在我的七岁
可知道黑色炊烟不会变成乌云
那是后来的事啊

我喜爱一切在黑暗中
发光的小事物

比如夏夜里，萤火虫的小屁股
星星的小眼睛和月牙的小嘴巴。比如
当乌云脏兮兮的小手捂住我的双眼时
你眼中亮起的
小小的灯盏

公园

我将重新看见这晚秋午后，
你躺在两棵冷杉之间。
我们的孩子，头戴着棕灰色鸭舌帽，
像你爱他那样，
将那摇篮般的吊床轻轻推动，
似梦非醒的你晃荡如钟摆。
时光的抛物线，一次次撞倒
重又站起的他。

归

——严肃的雪，飘荡在下班路上
他有寒冷的祈祷：
希望拥堵的车流能再拥堵些
能在满是红灯的路口遇到更多的红灯

缓慢地踩上，积满油和盐的阶梯
他像一个丢失了钥匙的人
立于，家门的对面和雪的上面
仿佛一尊默哀的雕像
猫眼，紧盯着他垂下的头颅
无需假设，妻子，女儿和饭菜就在门后
但他放弃敲门。夜，从脚底生根
长成他身体的一部分
并修饰了他的轮廓

严肃的雪，继续下在归来的路上
楼道的窗户失去了瞳孔
越冬的无名候鸟不胜疲惫
从一只黑洞洞的眼睛里跌落

恐龙乐园的一个下午

下午。骑在腕龙的头顶想象
另一个时代。她幸存者的目光
打开气候剧变的远方，
虚空中挥动小学生的手。
她已是我的第四代遗产，
顺着它的长颈向下
画出一道衰老的弧线。
童年的滑滑梯——主动地坠落
和怀抱及时的承接之间
所产生的欢乐类似于
两个小时后在附近的主题餐厅
生日宴上，在丧失爱的酒杯声里，
亲朋们怎样忘情地吮吸
一根骨头化石的髓液。
我的记忆被乐园的喉咙唱响
——青春有如恐龙不能被说出。
像昨日陨星撞击家园的
烈焰无法在眼中重新醒来。

在一面不存在的镜子里，
我 81 岁的瞳孔
把蛋糕上流泪的数字蜡烛
错看成 18 岁。

瀑布下的野餐

铺开格子桌布，
在瀑布下的亭子里，
更靠近潭渊的一侧。
我们分食浆果、紫菜饭团
煮鸡蛋和白开水。

轻声交谈着，在它的喧响里，
关于生活、婚姻和家庭的经验。
偶然的彩虹连结起我们
我们的小男孩和外界的阳光，
因被薄薄的水雾，自然地笼罩着。
像神秘星云正围绕地球缓缓旋转。

"能够在最低时把歌声唱得最响。"
后来我们搭乘头也不回的南方列车
回到现实的来处，
才真正理解了瀑布的落差。

浴室的瀑布

可疑的秋日阳光。
从浴室百叶窗漏下，
赋水予生活温度。
湿漉漉的无限蜷曲的皮囊。

氤氲中浮现一段漫长的山中孤旅，
仙岩瀑布仍然保持着谢灵运仰望它时的样子
冲刷着低处，日复一日的凸石。
山崖上，一个九月的孩子抬高我的视线
仿佛从云端走下来。仿佛神的孩子。

某一刻，光消失。
暗下来的肉身，倏然长满苍苔
有如缩小在一片落叶里的夕阳。
再次剥开头顶新摘的莲蓬头，
古代的山水，重新濯洗一个前朝的遗民
然后流逝。然后成为脚下记忆一部分。
带着消隐的悲哀，
连同昨日被跌落的梅雨潭。

把背影留给我的人

我记着一个三轮车夫的背
黝黑，仿佛积攒了五十个夏天的阳光
不断析出的盐分把脊梁腌制得越来越薄
骨头制成的翅膀有力地扑腾着

想起更多把背影留给我的人
人民路上，春风吹开姑娘的披肩发
吹开她后脖暗红的玫瑰
赴远求学的少年独在夕光中逆流而上
一位货郎，习惯横着扁担走路
两头箩筐是压弯颈椎那沉重的砝码
还有在古巷里背着高山的老者
拐杖探向时光的深处

都是我追赶不上的背影
（我连自己的背影都追不上）
——月光里，更多的背影重叠在背影之上

墓园索引

长长的送葬队伍笑着。
通过墓园分叉的路径他们散开
"穿过这片阴沉的，异域般的乡间土地。"
与墓碑上陌生遗像的昨日之眼
对视：两个世界之间短暂的迟疑。
在幽灵的规整的排列里穿行，
这亡者弱势语言的分行，
有如晦涩碑文里被缩写的自传
不能说出内心的天气。
有如无限停歇在错落的电线上
的黑色群鸟：一种灰调的弹奏。
守墓人小屋旁的石狮子，
隐秘而偶然的通灵小兽
于锣鼓喧哗和鞭炮炸裂相互咬啮
的循环哀乐里独自发现
整支队伍中消失的那一个，
一把唢呐突然的喑哑与之仿佛。
被编号的墓穴代替时间闭合瞳孔。

午后一点的阳光里归返的队伍
用草鞋上新鲜的泥土交换苍耳满衣裳。
唯有忍冬庇护变冷的大地上凸起的部分
满山父母的坟墓，子女的坟墓。

日报和晚报

我怀念未曾谋面
每天坚持送来两份报纸的邮差

日报尤其是头版标题总是严肃的
我严肃的一天从摊开一份报纸开始
用严肃的理论武装牙齿
在 2 开的版图上单枪匹马
去征战严肃生活的细节
去攻下一座又一座印着版数的城池

我更喜欢夜归军营之后
摊开一份晚报
（我的亲朋好友大都活在里面）
战马在一旁静静地咀嚼着粮草
妻和子安睡在行军帐篷之中
我的影子在篝火上跃动着燃烧
明天，我又将展开邮差准时送达的
另一份日报

午夜照镜子的先生

像每个凡人一样正在经历死亡的先生。
小城里朝九晚五的先生。
工作的齿轮几乎可以稳定地咬合直至退休的先生。
像一盏出门后忘记关掉的灯，浪费着光明的先生。
从边界小镇来到大海边的先生。

三十五岁写诗的先生，承上
启下的词语。中年的语言已形成风格。

先生，你该向午夜的镜中脱帽致意，
绅士一样。
仿佛向平行世界中的另一个"你"挥手，
哪一个是真正的你呢？
唯可肯定的，
"你"大于你并"略大于整个宇宙"。

先生，你的妻子和你们的小男孩
之间产生的引力，推动你内心的潮汐。

◎

辑二　桥墩门

◎

桥墩水库的伤悲

库区的树长满分歧。被大风永远吹拂的
芦苇弯腰如问号，或者被历史省略的一次道歉。
像每年都要淹死若干小镇居民的玉龙湖，
平静如无云的天空。让后来人习惯于在洪水里，
去关心着岸上的事情。当泽国的火车
从 1960 年 8 月的暴风雨中，从平行于大坝的
玉苍山隧道穿越而来，山下天色正好暗了下来。
再次进入夜晚的桥墩水库，
被堤坝拦截，整整蓄满了 8433 万立方米
的蓝色眼泪只是伤悲的一部分，
另一部分来自 373 名地方志里的水鬼，
从横阳支江下游发出的，重金属般的叹息。

横阳支江

在某些自由而散漫的夏日傍晚，
我牵着三岁小儿来到横阳支江，
沉默的母亲般，古老而又潮湿的
气息，拂过我们共同的脸孔。
一只秋田犬因经过我们的对话
而成为亲情的一部分。
一只白鹭停落我凝望的起雾的江面，
我因此暂时成为一只白鹭。
我们继续沿支江南岸西行，
练习传统手艺的老人递来一根糖画，
甜蜜的猛虎被舔舐。
江边年轻的朋友们高举手机，
直播白白流逝的旧月光。
远景里倒退着前进的人，
夕光修饰着他的背影——
季节里涨落的江水掌握情绪的哲学
仿佛我与儿子的关系就是江与小镇
小镇与全体居民的关系。

"河流　奔跑着　倒映着",
被缅怀和被祭奠的江水曾给我安慰
此刻却参与了我们的孤独。
在这个自由而散漫的夏日傍晚,
一代人牵着下一代人走向未来的大海。

卖花姑娘，或者天堂电影院

事件的编辑，省略了我倒查而得的天气。

"1973 年 5 月 16 日，22°到 33°，晴转阴。"

初夏的国产丰收 27 型拖拉机，没有供上帝开合

的门与窗，开在光向影子过渡的地带，

载着一朵积雨云和你们去见卖花姑娘。

小小车斗像箬笼插满贫穷的箬。

可感到你们被挤压的呼吸擦过

我脸庞的绒毛。在命定的长下坡碰撞

命定的山石，性别和年龄如渣土，被倾倒进

染血的沟渠：月亮的遗址。

祖国的交通志保管

大地熄灭前你们见证的最后微光。

家族的子宫将重新诞生你们当中死去的

成为母亲，而幸存者的余生都生活于

时代的陡坡。藻溪公社高㟧村、桥墩镇剪刀厂、

分水关以及神往而不至的福鼎市，

最终串起你们观影旅程的念珠。

"而精神贫瘠是这个老故事可能的启示。"

现在乌云来到窗前，当 49 年后的今夜我替你们
沐浴 126 分钟 41 秒的光影。
路经屋外的拾荒者正捡起一帧镜头，
"一部悲剧引发的悲剧"。

另一棵树

"多年以后，我在地方志里再次看见它，
"准会想起自己守卫它的那个遥远的下午。"

"桥墩镇辅导中心小学旁樟树一棵，
"相传在明成化年间栽植，树龄约 530 年，
"高 26 米。1996 年 6 月，因校舍扩建被伐。"
仿佛被撕去的一页，小镇史记省略当日的我。
省略我攀爬至树的最高处，力量的尽头。
化身松鼠在树枝交叉的地方坐了下来，
垂悬的双腿钟摆般晃动，长夏的光阴。
回忆已不能提取动机——叙述里被取消了
感情的作者。现在想来有一种可能：
纯粹是因它太老了，在短暂的人间显得珍贵。
"仿佛那棵树便是我沉默的母亲"。
危险的树盖舒展，树下的人谈论我的
荒诞而非英勇。黄昏炊烟从家的方向升腾，
视线穷极处群山连绵，固定海浪起伏之美。
在它轰然倒下的三个小时之前，仿佛我成为

它结出的一个意外的果实，
唯有仙童的金击子将我摘下。事实上，
是从县城调度而来的云梯使我降回
小镇的悲欢之中。身后高高抡起的斧子
如子弹飞行无法停止，除非命中。
譬如它即将被折断的腰。它舍身的教诲
那令我最接近载入小镇消亡史的一天，
最接近落日的一天。
令我最接近一个精神明亮的少年。

闻我降生的卫生院即将被拆除

仿佛是对我出生的一次否定，
歪斜的墙体画了一个大红色的叉。
它石头的记忆里，保管着 1986 年初夏
一个属虎男婴的第一声啼哭。
屋顶瓦楞上乳牙的滚动声与之仿佛。
在这个叫作桥墩的浙南小镇
更多照耀过我的建筑物衰老了，
像星星之死，无力抵抗自身的引力
像我降生的卫生院
开始不可阻挡地坍塌。
桥墩镇十八间幼儿园、桥墩镇辅导中心小学
桥墩镇嘉乡中学、桥墩镇高级中学。
它们吞噬岁月的光，以喂养自己的黑洞。
（我因远离来处和教育而临近患难）
它们终成地方志里，沉默的历史旁观者
同时它们是小镇天空，永恒变幻的云朵
儿时的狮子、妖怪和棉花糖。

小镇独角兽

小镇少年是在十八岁的当晚
发现午夜镜中的额前,生长出
黑色的螺旋角。仿佛来自北山经
黄帝的花园,或者北欧的森林
用虎口握住它,感受它的坚硬
比语文老师的戒尺、父亲高举的棍棒
更加坚硬。仿佛能把群星隐匿的夜空
顶破一个大窟窿。事实上它并不能抵倒
理亏的一方,不能刺穿撒谎者的心
磨制的粉末也不能解除体内
任何一种毒,不拥有虚构的魔力
反而不能承受一片雪花掉落的重量
这该死的不被承认的、最终的美
独角兽被迫消失,假装落入猎人的陷阱
逃离的路是一条秘密的小路,穿过
母亲河古老的滩涂,偷偷地离开小镇
淤泥上丰茂的水草,一生没有片刻的静止
因为流水,和风的缘故。夜行少年虚构的蹄子

独自发出窸窸窣窣的声响，独自发现

野草丛最擅长隐藏事物，和事物的秘密

比如被居民废弃的生活：瓷碗的碎片

用久的衣裳，假牙和避孕套

遮住周围的视线，和小镇所有寻觅的目光

岸上人家的灯光已经全部熄灭

脚下哗哗流淌月光的声音

无人发现他难以驯服的小兽的眼睛

额前的单角由于露水而显得锐利、高贵和纯洁

满身河流的少年，继续深入河流

向着下游的方向，那不断加宽

似乎只有未来，大海一样的未来

的下游

小镇消夜

104 国道不发一言
穿过这边远的浙南小镇
小镇简陋的消夜摊：
一辆三轮餐车，几条桌凳

国道上，货车的大灯开始明亮
他们从小镇的各个方向聚拢而来：
赌徒，加班的打工仔，精力过剩的青年
以及若干失眠者
此际，他们和鱿鱼、韭菜和羊肉并无两样
都被一双莫名的手用竹签子穿成一串
又被按在滚烫的铁板上反复煎烤

他们的脸在烟和火中显现又隐匿
他们的酒杯随意地碰到一起
洒漏些许星月之光
竟依稀溅起唐朝遗留的味道
他们赤膊，大声谈论粮食、油盐和女人

也提及朝鲜核问题和中美贸易摩擦
他们是小镇的居民，他们是祖国的居民
一小段人间正在被他们消磨

与往常一样，收摊已是次日凌晨
那对中年夫妻摊主
正为少收了客人五块钱而相互责备
他们的孩子，一个没有户口的少年
手捧一本厚厚的诗集，在一旁席地而坐
并让自己在长短不一的分行间不断跌落
中年夫妻责怪他总是睡得太晚
少年反驳说自己其实是醒来太早

途经小镇的大车小车都满载风尘
消夜的人在飞扬的灰土中消失
像整个小镇最后的一个秘密

第十万零一个为什么

黄昏的房间。三岁小儿闹着,
要我在他手腕画上一只表。
最后他携带虚拟时间,雀跃着消失
在门后的背影仿若一帧映像
抓取碎片或者一次记忆——
童年一再到来的暑假,
我曾经拆卸一只闹钟
指针分针秒针、齿轮、发条
和玻璃面罩,零配件散落如一地鸡毛
我因无法重新拼装而成为盛夏里茫然的人。
脑海中的西湖牌黑白电视机下起雪来
"在《黑猫警长》第五集结尾,
"手枪照例逐字打出'请看下集',
"全国观众却再没能等来第六集。"
(一代人的第十万零一个为什么?)
提问者永比回答者更深入时光的裂缝。
此刻,暮色提前降落北半球的屋顶。
我们的完美星球倾斜着,

在即将到来的渐渐变长的夜晚
我可感到，自己重新成为捕捉蝉鸣的孩子
重新躺在星空下的竹席
被旧事物的阴影缓慢地经过。

似乎每个小镇都有这样一个人

似乎每个城市都有一条人民路
每个小镇似乎都有这样一个人
仿佛一开始就是脏兮兮的中年人
睡在桥洞、车站、荒废的寺庙
仿佛生来就是通灵的人
挥舞装有咒语的空酒瓶
仿佛是你童年流浪的警察

有一年夜晚，你偶然看见这个人
怀抱被丢弃的玫瑰
沉睡在公园的隐秘光线里
是默剧时代的一个片段
长椅上的夜鸟充当旁白：孤独的天才

漫长岁月里通往这个人的记忆
只有一小段
只有一小段正在消失的记忆
通往这个人的精神

小镇居民尚会把一只死猫吊在树上
但在地方志里，这个人一物无遗
你或许在一个无所事事的夜晚忽而想起：
嘻，这个人似乎真的好久不见

人潮中突然停住的那一个

瞬间怀疑起自己的时空？
走在南方海岛的冬日大街，
人潮中突然停住的那一个。
想起同样的傍晚，
在芳香的 1986 年的葡萄园，
找不到卡住落日的那个出口。
想起头戴黑色礼帽的人群，
裹紧他们的黑色大衣，正沉默地经过。
提前想起远处的手电筒，照亮
妈妈的呼唤，越过寒风起伏的荒野
向着他不可愈合的伤口递来灯盏。

仿佛一位老人在擦去脚印的沙滩，
在独自远航的大船雪一样的轨迹里，
不带任何表情地凝视童年。
仿佛你被落日咀嚼又吐出，
抵消着中年微弱的冷。
仿佛一个迷路的孩子，对未来的翻译。

山居素描

最大的事件无非是一棵树
将云中的雷电引下天来
令大山轻微颤抖
复归于婴儿一样的静
每日向一只无名鸟学习，并非飞翔
——从不关心住房公积金
仅凭四季的枯枝，建筑安身的巢
更不关心养老保险
飞累了就去死
死在哪里，哪里就长出坟茔与墓碑
我草木的房子，高于远处的炊烟
屋顶的星空，远未比别处更拥挤
半夜里，陌生的大雨来敲打窗户
梦境领悟着大雨和大雨的潮湿
令我在永恒对视的群山之间
重新出生并且酣睡
群山酣睡在野湖的摇篮里

十八岁出门攀登

继续向高处黑色的未知靠过去。
忽略攀登过程中不堪的细节，
——山下雾中灯火隐秘的诱惑，
和陡坡上一次命定的摔倒。
像一个挑山工，练习卸载游戏，
不仅是背上的砖瓦，
或者其他随便什么重物。
不仅是体内多余的水分，
你投来的绝望目光。越往上，
越有一些饱满的事物在离开我，
像漫山的杨梅树于晚风中摇落红色果实。
让我虚幻的部分更轻了。

玉苍山主峰的海拔，
因我提升一百七十五厘米。
凭借小镇尽头的流星，
短暂地向低处的人间宣布，
我正式成为我的悬崖。
像十八岁的月亮抱紧自己的圆。

时光刺客

人民广场上
一条手表形状的道路
表盘圆周是一圈木栈道，供人通行
圈内是三根粗大的指针
时针最粗，分针次之，秒针最细
有潜流从表盘内部穿行而过
推动指针偷走时间

一个从东边来的小孩，顺时针奔跑
一个老人打西边来，逆向蹒跚
在十点钟方向撞在一起
双双摔倒的时候，流水似乎停了一下

小孩很快就站了起来，被秒针带走
老人没能站起来，也没人过去扶他起来
夕阳的影子，手持剑一样的时针
一下刺穿老者的心脏，直指滴血的夕阳

丢吉他

早年，我曾丢失了一把吉他
我背着它到田野上去
在夜晚的高粱地，丢失了它
事实上我至今还听到它在歌唱
风中谁的手，它的十兄弟
一再拨弄它。民谣般反复弹奏
关于我的三个问题：
第一，是否抢到了童年的那把宝剑
第二，是否从一个女人的虎口脱了险
第三，是否翻越了自己的山丘

在日复一日的衰老中
我要脱帽致意，为着过去的吉他
为着风中命若琴弦
最早绷不住高音的那一根
最先断了自己

童年的纸飞机没有黑匣子

主治医生告知我时日无多的当晚
我盯着重症室的墙壁
它释放出积攒多年的，千百张
星空般扭曲变形的面孔
它允许收藏多年的呻吟和啼哭
于今晚集体发声
重症室的墙壁比别的墙壁更白一些

夜半，护士小姐来为我换药
她哽咽着问我有何遗愿的时候
恰好有一架纸飞机，不知从何方向来
默默地停落皎洁的窗台
很像五岁的我折叠的那一只

白色的纸飞机停在白月光里
童年的纸飞机没有黑匣子

镇南小酒馆

包厢逼仄，我们在镇南的小酒馆
聚会，李浩然、黄超、颜凯涛、我，还有
王超。其中一个突然主动外扬了家丑
说他哥赌博、包养女人，用同一个子宫里伸出
的拳头胁迫一个镇政府临时工
交出可怜的积蓄偿还高利贷。
老式挂钟代替裁判读秒，情感的倒计时。
他因记忆中亲哥耸起的后背为自己挡下
校园霸凌的一刀而选择不还手
并长久地倒地不起。他说想逃离这
沙丁鱼罐头般拥挤着三代人的方寸之地
正在考虑用最低标准缴纳的住房公积金
租一个别处的家。此时此刻，
五个中年人的沉默围坐在小圆桌旁，
没有终点也没有起点。仿佛一个失败的拳击手
和四个同样失败的教练集体接受友谊的教育。
仿佛地球仪同一经度不同纬度上的五粒尘埃
因内心微小的时差而飘浮在不相同的日出日落中。

这次聚会，是五兄弟无数次聚会中的一次。

再次被写到的指针却剪出一种否定：

这是唯一的一次聚会。

整晚都在母亲河里游泳

整晚我都在母亲河里游泳
从水库底部流出的水
冰冷如大海在冬天的遗腹子
尚未获取盐、潮汐和肿胀的乳房
弦月割开夜空的喉管
夜晚的母亲河流淌星星的声音

整晚都在母亲河里游泳
我穷其一生尝试，到对岸去
变换羊水里的泳姿，游过
隔在人与人之间
不断加宽的河流

小镇唯一咖啡馆的冬日午后

喝劣质咖啡翻看旧报纸，
在小镇一角。等一个陌生人
前来造访。

峨眉山深处的古寺，
屋顶上从来没有一片落叶，
难道古寺真有神灵庇佑？
原来树叶是被风吹走的。
农民撒下白萝卜的种子，
其中竟然长出了一根胡萝卜。
原来白萝卜的种子袋中，
不小心混进了胡萝卜种子。

猎奇的新闻被我一再对折，
可那个陌生人迟迟
没有吹亮小镇铁匠铺的火焰。
侍者为我续上最后一杯的时候，
在我更靠近风雪的左手边

的窗户，冬夜的黑色窗帘悬垂下来。
平静的生活，突然面对了无端的等待
和被一再浪费的人生，
有了几分荒诞和虚幻。

只是荒诞和虚幻并非毫无意义，
而是我们从不曾理解过它们。

隐秘的小镇黄昏

我察看矛盾密布的掌心：
日常性的堕落，永远交织着
虚空中垂下绳索的渴望。
它的网，捕获隐秘的胎记
前世和来生的经纬度被标注：
一枚落日，
炊烟升起的旗帜。
在这个三十五岁的小镇黄昏。

流淌史

岸上的窗口内
横阳支江有着漫长的流淌史
早年连日暴雨
江底巨石推动巨石
发出骨头摩擦骨头的闷响
上游漂下来一棵大树
枝繁叶茂，根系裸露
而水蛇朝着对岸，成群逆流
同年盛夏，三个童年小伙伴
被献祭给了它饥渴的
正午的神。母亲被允许
继续在一窗江水里洗衣洗菜
洗日复一日衰老的容颜
她这个纺织女工的儿子
和小镇上长大的其余儿子
早晚成为它身体里的鱼
草鱼，或者随便什么
无法洄游的鱼

和不同河水里的，汇入东海
从此在更咸的浪潮中
高耸起背鳍，像风中的帆

一坛未启封的酒

不发一言。蹲在角落，像没有感情的哑石
是我少年时代亲手泡制的，一坛未曾启封的酒
酒是桥墩镇"仙堂牌"白酒，"酒液晶莹透明
"入口绵柔、清香甘洌，饮后不口渴、不头晕"
坛子——准确地说，是一只腆着肚子的陶罐
烧制于苍南陶瓷总厂，"产品于1990年首销美国"
面对地方志里的一坛好酒，整整二十年，又二十年
一眼望穿的有生之年，我仍旧找不到浪费它的任何理由
除非写下一首骇世之诗，可我再也写不出一个跳跃的词语
我不说它是伯牙的断琴与绝弦，只说它是
在横阳支江里浣洗衣裳、小镇上满腔孤愤又最年轻的寡妇
我能想象它唯一的命运：
在我的葬礼上，所有知道我名字的人齐聚一堂
大家拂去它的蛛网和网中的虫豸，用铁榔头敲开封泥
先从坛子里飘出来的，是我历久弥香的魂魄
挥发着数十年陈酿的芬芳。一众之嘴将它痛饮而空
好让我的遗骨有装殓之器

"近年来，由于生产设备陈旧，销售渠道过窄

"仙堂酒厂陷入了发展瓶颈。"

"1996年9月5日，由于产品不能与时俱进，经营不善

"苍南陶瓷总厂总负债达1524万元，宣告破产。"

辑三

词语的孤岛

五月十六日仲夏夜蝉鸣交替蛙声风雨晦暝梦中惊坐起灯下捧读博尔赫斯《影子的颂歌》兼寄无眠的你

唯有词语和词语的位置
或者下一首诗
带来持续的慰藉。

云是大海的抽象

现在我可感到，
蔚蓝窗口的云朵
无骨的云无根的云
在我们头顶练字，旅行，喝下午茶。
接受风的邀请，
无欲的聚会和散场。
偶尔清洗沾染的微尘
向人间倾注黑色泪水。

然后雨下不停，
像一种诅咒。
有些人的脚步因此陷于泥淖
为小面额的生活奔波。
然后有人因此凝视天空，
在宿醉后的清晨
很费劲地回忆，
昨晚停车的地方。

云是大海的抽象。
而孤独是人间的抽象
而大海是自由的抽象。

船还没有来

时间早就过了
船还没有来
码头上灰蒙的天空
落下黑雨滴一样的旅客
像是一群不被祝福的人

彼岸，一些属于他们的位置
空着。这是一个事件
在计划外的现场
在灯塔倾斜的海岸线

没有汽笛声和被犁开的浪花
本该被停泊的海面
一团阴影在起伏
是无名的灰鸟在飞翔
还是水妖在潜行？

滩涂上，一条搁浅的小鲨鱼

等待被大潮冲刷

而船，依然没有来

二手诗集

夜已重临，带来闪电的光明
照亮二手词语的黑色森林，
虚拟货架上逃亡的思想。
印有卡夫卡头像的书签
被夹在旧作第 22 页。
"我不设防的青春欢迎你的光临。"
荒诞和幻想有如未至之境上空的流云
覆盖前任主人的蓝色笔迹。
封面作者的昨日脸庞已被污染，
后记的纸张洁白似乎只欠一死。
忽略不存在的过程，
陌生的时间和情节与地点。
漏雨的书房里，再次被夜晚阅读的
二手诗集，是往事的语言
和语言的梦境投射在阶梯般的分行
分行展开自我的锋刃
砍下披着文字之皮的蛇的断头
断头从抽象中跃起死死咬住的中指。

今晚有船靠不了岸

风暴和浪构成一种拒绝:
今晚有船靠不了岸。

404 号铁桩拒绝缆绳的绞刑。
汹涌的摇篮拒绝孤儿的梦境。

船长沮丧于航海日志欲言又止
的结尾。方向盘沮丧于战栗的指南针。

大海的方言激情朗诵普希金的赞美诗。
在修辞学里,它无限趋近于离开

但再无别处可去。
甲板上潮湿的你:内心的潮汐折磨着我。

仍有隐秘的力量和信仰被递送，
遥远而真实的家的方向

当整栋大楼收拢在绝对的黑暗里
唯一亮着的窗户光明如灯塔。

诗歌地理学

仿佛初雪隐于光。光隐于暗黑。
"诗的城市旅行计划隐于内心的角落。"
这被取消了其余目的，不知疲倦的旅程
并不完全追随导游的先锋指南。
比如去成都，对火锅、熊猫和麻将保持戒心，
就只是单纯地去看看三颗星星中的一颗。
比如去石河子，就只是单纯地被 1977 年
大西北的第一缕绿风吹拂。
——一种朴素的时空结构。
比如只单纯地感受一座城市水的音韵和节奏：
去南京只因扬子江，去杭州只因西湖，
去西安只因延河，去昆明只因滇池：
它们水面漂亮的回旋：语言的形式与技巧。
比如拒绝隐喻和象征，去吐鲁番就只是为了吐鲁番
去香格里拉就只是为了香格里拉。
去鄂尔多斯就只是为了鄂尔多斯。
比如只单纯地感受一座城市植物般的张力，
去长沙只看芙蓉，去西宁只看雪莲，

去贵阳只看山花，去洛阳只看牡丹，
去南宁只看红豆，去绍兴只看野草：本体简约的经验。
这被取消了其余目的，不知疲倦的反对抒情的旅程
提纯纸上城市严肃的大词：灵魂、人生与真理。

台风遇海，或者人间涨潮

每一簇浪花都认为自己是浪花的王
每一个巨大的漩涡都是鸿蒙时代的入口
大海在粗暴地翻身

风暴首先登陆我的眼睛，再经过我
咆哮和混沌并非来自身体之外
于是一种境界在我怀中涨潮
退潮的是人间的忧伤和狭隘

这肉眼可见的统治力量
令一枚恐龙化石退回大海的子宫
接着是岛礁和匍匐其上苍老的苔藓
接着是大船、灯塔和岸
最后退回的是朝阳和落日

我退回一株珊瑚上
一只水母的眼睛里

海边少年

迷失在自己的思绪中，
少年啊这部孤独的城市汽车，
下了一个长长的缓坡，
仿佛要开往海里。
仿佛怀珠的贝壳默默忍受着光阴。

"礁岩上的戴帽少年，
"白衬衫鼓起宽大的海风，
"夕光里的剪影陷入飞溅的浪潮。"

"度过被打开的海边一夜，
"抽象的少年领受了生命。"

少年啊，开在环岛公路蜿蜒的曙光中，
太阳已从路崖下的波涛中升起，
东方寂静的闪电偶尔照亮
未知的旅程。你紧握方向盘
热烈的光芒洒遍你的车身。

昨日迷雾已在后视镜里远去。
抬起头来，你看见前方路口红灯转绿灯
一条日光的大道正等你去奔驰。

潮汐池

在岸与海之间，
不更接近任何一方。
它是幻象的领域，
因泪水困于岩石的眼。

水的呼吸，野蛮、律动。
在早晨的高潮
和夜晚的高潮之间，
它抵消着水的自然生长
对自己的赋形。
它涨落的脸庞，
映现出我的问题——
没能走出房间，
去感知世界的日新，
去见见更多陌生又鲜活的面孔。

矛盾的月亮，
将接走它的蓝藻和寄居蟹：

重返和逃离

在同一空间内重叠的夜晚。

不息的循环，

将未来引向一种疑问：

而我将永远搁浅

永远湿漉漉的古老的海滩？

省下一半

深夜，把台灯调到一半的亮度
省下半盏，让独行的夜归人提走；
手机电量也只充一半
省下一半，送给被月光晾晒的孩子
让他们在与远方的通话里得到安慰；

至于登山，我从来只攀爬到半坡
省下一半的山峰，留给亲爱的你
正藏在命运脚下的，最可信任的好友
我把更接近天空的一半山峰留给你
愿你去看看山顶的草木是什么颜色
再省下我一半的粮食、油和盐
让生活过上更为富足的生活

我还要在活到一半时死去
省下我的一半人生
赠给正在死去的病人
和被正义的枪口顶住脑袋的罪人

他们的余生将时常忏悔
关于信仰、理想和爱与被爱

死神的椅子已经为我省下一半的位置
正等着我坐过去，谈论天气和欲念的关系
谈话的最后，他赐予我一双诗人的手
在墓碑上去刻下，我的虚构的
另一半人生

浪里看花

春天的大门岛是纯金打造的大门岛

蜂与蝶就一直跟随我
从油菜花地出来以后
一路来到东浪村的海边
蜂鸣和涛声在耳朵里吵着架
庞大的铁器，在海面沉默漂浮
又到观音礁：在沙滩上留下脚印的人
不知去向。踪迹在等待潮水抹去
——脑海中的橡皮擦抹去童年的记事本
山顶的石龟，一口一口吃掉
夕阳的红色糖果
与友人弃车复登船
汽笛响起的时候天还未完全黑透
月亮催促着海水起程
沿着麦哲伦的航线
在巨大的浪花里
整座大门岛
沉没。在海底闪着金光

南方孤岛

当我垂钓，最后一尾鲈鱼
末班船已将我遗忘。
夜晚的无人岛显露孤绝的美：
长着人脸的海豚开始夜巡，
虚构的大雪堆积
它储存盐和贫穷的脚踝。
抒情的月亮让大海失去舌头，
不能说出反复汹涌的往事。
岛上桉树林多悲风，
在其波浪般的阴影里
我感受到一种多年后
在异乡地下出租屋的巨大孤独。
黑暗的浮力晃动陌生访客身体的水
但年迈的潮汐永远徒劳
把孤岛推往人类的岸边。
今晚在无主之地，我将想起谁
踩着谁的脚印走在昨日的路上。

海隅小城

从医院出来，我们驱车前往山顶
孩子般把岩石的水洼当作镜子
映照用旧的脸庞
脸庞上的乌云和飞鸟的灰色翅膀
山脚下海水撞击陆地
发出婴儿的第一声啼哭
我们曾在这山顶起舞
太平洋的风吹拂黑发和美衣裳
曾将辽阔的列岛收于一望
曾在晴朗的日子里，看见对岸的基隆港
现在坏天气把我们困在车里
车窗外那些悄无声息的事物——
天空中移动着十万亩棉花地
山坡上永远被风吹着的野草
奔流不息的潮水，像是梦境
下山前，我们看见半山腰的一辆车
唉！不比我们又黑又锈的老爷车
它那么鲜红，闪耀八九点钟太阳的光泽
以更快的速度，朝着我们的山顶驶来

书的位置

搬来松木梯子，
取出高处的一本哲学笔记。
在下来的时候突然想到，
藏着钥匙的书籍悬于头顶，
而触手可及的
只是印着日常生活的经验。
像星辰。像烧烤摊的烟火。

像此刻停在半空中的自己。
书的位置，
瞬间折磨着我。

洞头列岛记

第一，涛声之上的小石屋须有窗
框住台风都吹不动的星月之光
第二，须摇下车窗，让鱼腥味控制方向盘
须驾驶在起伏的环岛公路上
让自己仿佛航行在波涛深处
第三，须给吹风机穿上潮湿的袜子
开到最热档。在浴镜前，蒸发大海的眼泪
最后，须到码头迎接归船
须注目甲板上摇晃的身影——
讨海人是我喜欢的人类
用勒进皮囊的掌纹和皱纹
编织一张细网，捕获浪花里的
盐

当我发表了一首诗

桂兰河水并未更加湍急，或者缓慢。
夜晚的玉苍山巅并未睁开一双眼睛，
于高处凝视我。当我发表了一首诗，
在这边远的浙南小镇。并未有人
深夜饮酒，为此多喝上一杯
匆匆的步履，并未因此停驻片刻。
小镇恒定的秩序，并未有被破坏的痕迹。
当我成为全镇第一个
在随便什么刊物发表诗歌的居民
当我教徒般手捧着全镇唯一的
随便什么诗歌杂志的样刊
万物并未有想象中的喜悦，更别提伤悲：
月亮从来只抱守着自己的残缺，
低矮的野草莓树依旧红着它的果实。
当我发表了一首诗
我只是孤独地发表了一首诗
像浙闽两省边缘的界碑，因单独而显得孤立。
可我仍愿在这国土的微光中，作为

正在写诗的年轻人，写下我所理解的生活。
仿佛四季都在母亲河里挣扎，试图游到对岸去
的小镇泳者。仿佛没有明天。

唯有两个诗人漫步夏日海滩

语言之间的引力构成潮汐，
大海唯一的动词。当两人谈论什么
漫步于抒情的夏日海滩，
自然法则的馈赠。"人说世上有七大洋，
"事实上只有统一的海。"
"像阳光，因没有国籍而拥有永恒的力量，
"但每一滴大海的公民永不能返回前一秒的故乡。"
"像夕阳，每当你我几乎感受到它的衰老，
"它旋即重新开始。"
两人因此互为隐喻：第二个自己。
但他们的悲哀是一艘弃船的悲哀，
沉陷滩涂，船头却朝着出海的方向——
时光的倒叙者。如被缓缓拉开的电影镜头，
大海因他们渐远的背影而显出辽阔。
军舰鸟则斜着翅膀，消失于偏爱大海的蓝。
地平线的拉链闭合修辞的边界。

◎

辑四

夜晚的情绪

◎

夜晚公园长椅上的梦者

现在，所有的亭台楼阁迅速坍塌
古老的潮水重新开始涨落
填海之地上的整座公园
只剩一盏路灯照亮一张
公共长椅，和长椅上随波漂流的
梦者，在蓝色星球的时间之外
重新看见沙滩上燃起遗物的火焰
亲人们陪伴着虚设的，过去的人
行走在鸣奏黑色音乐的海岸线上
落在队伍最后面的，白帽蓝衣
的远房姐姐，走进一块巨大的岩石里
重新看见自己，有一次
在一座孤岛上接近过
一座礁岩的坟茔，用破碎的贝壳
在墓碑上刻下自己，躺在逝者旁边
的姓名。仿佛自己已经死在了那里
现在，海上顺流的光，再次抵达岸边
大海重新上升，重新被浇筑森林的手

改造，一条穿流过公园的人间小河
一只猫带着九条命，跳跃
到小河的对面去
现在，梦者已经醒来。夜晚的公园
只剩一盏完成旅程的路灯。照耀
固定的空椅子

醉酒时刻

一条晕乎乎的，夜晚的路，经过我
在我身上辨认标牌、草木，和拐角
一堆晕乎乎的小石头，集体摔倒在我嘴里
于断齿的疼痛中浮现莽莽山林
两颗老石头，在野草附近生活着
全身缠绕与装殓遗骨的陶罐相同的裂纹
捏在掌心，沙子般从指缝间倾泻而下
从石堆中站起来，一棵晕乎乎的树
树干臃肿叶子稀疏，根系饱含烈酒
它扶着我，将今晚饮下的一斤八两稗子酒
吐了我一身，又背靠着我坐下
似乎清醒了些，中年的树
但仍不足以分辨：桥下寂静的河流
沉在水底的月亮和倒映在星空的月亮
究竟哪一个才是，小时候割自己耳朵的月亮

夜晚的灯塔

被故乡命名。浙苍渔运 0086
此刻停泊异乡夜晚的港口
被我偶然遇见，它褪色的舷号
标记在船舶的右侧，更靠近岸的一边。

沉浮的吃水线，
它的刻度被大海的冥想弹奏。
海上钢琴师放下黑色舷梯，
但我们无法交换脚步，
因各有离不开的船和陆地。

迟疑的瞬间
仿佛早年，自己站在小学的走廊里，
站在居里夫人和朱熹中间
茫然困惑的少年。
他晚熟的背影
此刻选择走向夜晚的灯塔。

夜晚的语言

夜晚的 104 国道，车轮钉满词语
在粗砺的柏油路面，摩擦出语言
是一匹斑马蹚过深浅不明的黑色河流
含在风的口中，吹向
速度永远也抵达不了的结尾
是一支穿云箭射向午夜的江湖天空
接到信号的千军万马来到我的床上
震动我的房梁，惊扰我的梦境
令我半夜起床，把紧挨着
104 国道的窗户，反复地打开又关闭

令我整夜整夜失眠，整夜整夜忧郁
令我在某个这样的夜色里起程
前往流星坠落之地。令我翻越
路边的铁护栏，徒手攀上一辆旧卡车
看见有一群人破开夜雾向我走来
又在后视镜里快速退去
令我在沿途遇见五彩斑斓的黑

人间最后一晚

最后一晚。我来到唯一逆流的河
的岸边，目睹九月的第一个落日。
目睹末日仅剩的一点光，照耀了我
衰老的皮囊，感到前所未有的自由。
像多年前的子时，一个属虎的男孩
在曾经的乡村卫生院，发出受难的
第一声啼哭。目睹昨日容颜、逝去的事物
离开的人和曾经敲响遗言的丧钟
仿佛受到某种神秘力量的驱动，以波浪的
另一种形式，向着无限的上游漂浮。
死亡的隐喻先于我理解了生活的意志
和漩涡的意义。此刻世界是一个巨大的
待孵化的蛋，正被星系的尽头吞没。
仿佛我正化作一阵黑暗融进夜晚的河流。
仿佛我只是它偶尔飞溅到人间，
一滴眼泪般孤独的水珠。

夜晚的纸老虎

重新苏醒
被梦境和欲望豢养
夜晚的老虎
从弥漫着大雾的双人床上下来
模糊的影子对应着满屋子
等待被照亮的事物
穿过飘着两朵乌云的客厅
去厨房，用豁口的瓷碗
夜饮凉开水。又蒙上人皮
出门办三件事
去建设银行还清信用卡
农业银行存进一大笔现金
民生银行开设一个新账户

在回来的路上
在城市森林的暴雨中
透明的老虎，它在构成它的夜晚里
头顶的闪电催促它用闪电的速度奔跑

它敏感的胡须
领悟到所有的好日子都已经过去
倾盆的夜雨里藏匿着未来的坏天气

湿漉漉的老虎
返回拥挤着词语的书房
爱情、隐疾、衰老、抑郁、理想、烟火
初生、第三者、现实主义
未亡人的集中营
它的兽眼在诗的第十四行看见
世间人群稠密，而星空稀疏

阳台上草木枯萎
波轮洗衣机在黑暗中疯狂旋转
用旧的水龙头，是时代的庸医
为月亮输着点滴
它重新躺回双人床。孩子一样
躺到丈夫和妻子的中间
这只一到天亮就要重新死去的
纸老虎

中原城市的最后一个夜晚

最高的是银行大楼的霓虹
这座北风不息的中原城市
最低矮的是公园的草木
霓虹下无方向地摇曳

陌生的夜晚，它的大地布满星系
方言的步履，从一颗星星走向另一颗
心里的雪下在华北平原的街头
没有人祝我冬天快乐
没有故乡的海风吹拂我身体内的哀伤

在遥远的事物到来之前
我尚需翻越视线尽头的太行山脉
——月亮在最冷最险的断崖
投下坚硬又凹凸的阶梯

你是我爱情诗中唯一的错别字

你后来是否再次进入那片密林
是否在橡树与橡树之间
重新荡起秋千
是否有一只松鼠替我们坐在上面
啃食一枚青涩的坚果——
那时我们没有保持平衡的大尾巴
尚不能稳住内心的摇晃

你送我的那本爱情诗选
遗落树底。封面掉满腐烂的浆果
被糖诱惑，纸上冬眠的蚂蚁已经醒来
除了一只死去的，躺在树墩的年轮里
它是整本诗集中唯一的错别字

是否记起将密林一分为二
的小河？总在严肃的雪中封冻
又在春天里决然向东奔流
并且永远向东奔流

爱情隧道

想起枝繁叶茂的时辰
大树和大树在空中牵手
你和我在盛夏的拱廊下练习拥抱
——仿佛，分列隧道两旁的
是长长的伴郎和伴娘的队伍
那就让我们在铁一样的道路上举行婚礼
领受它们绿色的祝福

但在遥远的玫瑰盛开之前
我们尚需开着爱情号小火车
运输庸碌漫长又生了锈的日子
尚需穿越由枕木铺就的时空秘道
重新虚构被遗弃的罗曼蒂克史

钢轨在歌唱情感的方向
唯有起伏的鸟鸣，唤醒我的矛盾：
一边担忧藤蔓荫翳，在新人的脸庞上
投下过于浓密的阴影

一边担忧枝丫稀疏，不足以遮蔽
一场大雪下在我们的头顶

就像担忧你赐予我的爱
不是太多，就是太少

病中寄没有地址的你

太阳没有升起，在小沿村
但新的一天业已降临
我从病榻上下来，晨雾从山坡上下来
雁阵在窗前的野湖底，飞出几何美
这是九月许多天中的一天，是我
来这山村疗伤，许多年中稀松平常的一天

那个吹笛少年，又把羊群赶往山顶
让蓝天无端多出几朵白云
让听到谣曲的人想到谁，就爱着谁——
曾经一同在黑暗中守望黎明的你
曾经鲜衣怒马，怀揣镜中王后的傲慢
镜子碎了以后呢，夜晚的你和更多夜晚的你
都在何处留宿，是一棵橄榄树上吗
甘甜的皮囊内藏着酸涩的心

假如来到我的村庄，唯能做的
是为你捧献一束紫苜蓿。想到这里
我就往一碗草药里加点蜜，一饮而尽

恋爱的夜晚

黑夜暗中挪动星辰，随意布下一盘棋
看上去像一个让人为难的残局
我们坐在寂静的屋顶。手指仰望苍穹
被吃掉的子落进对方的天空。
下着下着，
天也就亮了。

玫瑰没有蜜

是一个春夜
我的原野布满星月
你用毒刺吻我，令我成为玫瑰
你从我体内采出全部的蜜
然后振翅离开，带走我悸动的宇宙

我的荒芜的宇宙，在那里，大海在轻轻翻身
现在，我向大海取出一把旧镰刀，收割自己
让洁白的自己倒在黯淡的大地上
连同自己的姓名，在黎明靠岸之前
枯萎

徒刑

多少年了，被囚在这牢笼里
月亮每晚都通过头顶的铁栅栏
从高处放下来一把梯子
每当我前去攀爬，又会被一朵乌云收走
铁锁的影子和床铺的影子
都是太阳的影子

昨天的事和明天的事
都是今晚的事
在这拘禁之地
关上牢门的手和推开窗口的手
都是你的手
让我无论睡在哪个角落里
都是睡在你的怀抱里

被框住的四四方方的天空
太阳和月亮于我并无区别

此刻那里，只有一颗星星的温度安慰我
我的影子凭借微弱的光芒
长出翅膀和獠牙，沿着高墙起飞又消失

小区的王

仿佛谁在午夜醒着，谁就能统治一方
此际，作为整个住宅小区唯一的清醒者
——那个独坐于公共长椅
低垂的头颅埋藏在帽子里的男人
被黑夜正式封为小区的王

小区的每一块地砖莫非王土
他拥有目之所及的花草、车辆、房屋
灯盏和铁器，以及每一片树叶上的星辰之光

月亮向他进贡了烟草和美梦
烟草是致幻剂，王国的理想时代入梦来：
白日，王土撒满金币；入夜，碎银铺于街市
江山与佳人正值画之美
文武百官均臣服于大好岁月

当烟草枯萎成昨夜的灰烬
他与他的子民一同醒来

晨星黯淡，层层高楼围困于他
王冠回归帽子，王座回归长椅
这徒有虚名的王，身旁依旧没有王后
王后的位置上，端坐着他中年的，长长的
影子

火车之眼

那双奔驰的眼睛
直到今天还看着我
有一年，一列黑夜的火车
和我的火车，呼啸着相向而行
它的窗口睁着一双眼睛
年轻异性的眼睛
和我的眼睛，一对失散多年的兄妹
在加倍的速度里，相逢又别离
彼此眼中有不同的地图
但在眼底，交换了相似的孤独
并长久地凝视
铁轨上疾行的眼睛，不在时间之中
所以那是一双真正的眼睛

所以我祝福你，眼睛的女主人
今晚我饱含泪水
为了愿望中你的美丽前程
大地上我的一无所有

冬至、北极熊和镜子

天气预报提醒我，而非妈妈
"今夜最长，早点回家"
现在我在冬至午夜的浴镜里
点燃能够找到的唯一的红蜡烛
（一年中黑暗最多的日子
我的屋子却停电了）
——清洗一张陌生的中年男人的脸

燃烧影子的烛火猛然摇曳
我知道被偷走的一小段白昼
正凭借日夜交替引发的
瞬间弯曲的时空，潜入镜中
拨快了我体内的钟
让我在四只眼睛近乎审判的对视中
顷刻间过完自己的四季

在风雪夜豢养的北极熊
从身后扑上来之前

在红泪水流干之前
我尚需练习逃脱术：
学会推开虚掩的玻璃门
从幻象的背面
返回一张单人床上辗转
空抱于一种虚构的温度

内心的火山

我心里落着一座火山
可我的脸庞坐落着巨大的冰山
如同所有的好时光都该和你去远行
可我只能是一只发了疯的陀螺
终日在庸碌琐碎里转啊转

被封锁的欲望，保持滚烫和愤怒
终其一生，尝试拒绝隐晦
时刻等待喷发的时刻
比如偷偷开走一列火车，冲出钢轨
全速驶向百花深处
比如袒露最为原始的野性
在真正的爱人的血液里，获得真正的
精神的欢愉和肉体的高潮

熔岩在燃烧，裹挟着所有的
期待，向往，以及渴望，火的崩流
在梦里沸腾了山脚下的一座湖泊

在结了冰的湖面醒来，恍惚看见
一个自由的幽灵在湖畔对岸显现
床上的我，比一杯隔夜的白开水更冷淡
跟大多数刚醒来的人一样，陷入
长时间的沉默

我必须下床出门了，出门前
把所剩无几的勇气放进冰箱冷藏
在动身前往与全世界和解的路上
对周身的一切无动于衷，逃离
一段被隐藏的旅程

天空是秘密的天空

头顶之上，无数信号在飞。
移动的、联通的、电信的……
你我却不能看见一双翅膀。
消息隐匿在流云之中。
凭借它们，人类甚至偷偷
与众神互通有无。
它们在编织秘密的巨网，
捕获尘世微妙的不安。

劳动者

是夜归的劳动者
疲惫的蜗牛驮着隆起的寒光
蠕动在斑马线的琴键上
弹奏出风的呜咽
或者一块石头的呐喊
前方一个绿色的小人
发出红色的警告
黑影按在一个黑键上
繁星都听见了
他不断降调的一半人生

警告，警告，严肃的警告：
不远处，滚烫而痛苦的岩浆
向一座森林的天空奔流。
他看见未来的自己，站在了一堆
并不比今晚更加光明的
煤炭之上

等待

天空返回远古时间里的白
群鸟在错落的电线上谱曲
并鸣叫出各自的音符
我倚着原野的电线杆
等待一个谁的到来
他就在这人世间辗转，他正在路上
在尘里在浪里在乌云里
但只有太阳看见他来的方向
这令我空虚又饱满
火热又缄默

多少年了
我的等待比生存漫长
直到叽叽喳喳的歌唱
全部飞往青云的深处，远山的内部

辑五

城市蒙太奇

玻璃之城

大白鲨在孩子头顶无声游弋，
仿佛人民北路的江南照相馆

橱窗挂着你静默的照片。
仿佛一个触不到的梦，

来自透明的、被折射的对视。
城市的玻璃洁净，有时像没有玻璃。

有时我们通过它细微的污渍
这雪白"墙上的斑点"

接受纯粹的启蒙教育：
生活的瑕疵只能偶尔被看见。

整座城市的意识就在它的光里流动起来。
有时我们擦拭它，

就是向这座城市虚幻的部分挥手，
就是擦拭这座早晨的床单般凌乱的城市。

"玻璃之城晶莹、璀璨，
"而我们是多么的脆弱、易碎。"

镜子的真理

太阳从喉咙中升起
我的狂笑仍旧发不出声音
但我的哭泣，从未缺席过一滴泪水
左眼繁星蜂拥，右眼挂着月亮

没有雷鸣，大雨从体内溢了出来
没有清风，千万只绵羊在天空推推搡搡

与自己的幻象告别的人
是没有影子的人
与没在镜中出现的事物
合力推开，残梦虚掩的玻璃门

当一颗丑石，怀着王后对公主的怨恨
与虚构的自己偶然相逢
大地上就撒满无数、破碎的
一小片人间

死讯
——仿江非

得知你的死讯的时候，
我正夜行于大山的腹部。
被屏蔽的电磁波却没有交待
你具体的死因。

没有描述你的容貌
也没有说出你的身份
甚至没有提到你的年龄
任何的衣着与饰物。

车载收音机只是说到了你的性别
"昨天晚上
"在人民大道天桥下
"发现了一具男性尸体"，从此
再也没有出现
直至隧道的出口
我也没有再听见

你的任何信息。

不认识你的来处、家族、职业
胖瘦与高矮
不知道是不是一个异乡人
在这座城市经历的第一次死亡。

从此，你就在我的遗忘中
真正地死去。
而车轮的黑胶唱片在夜晚
继续旋转，固执的哀歌。

公路两旁群山上的微光
是你拒绝闭上的眼睛
擦拭着我手中的方向盘：
死亡会找到所有消失的人。

空椅子

——那把椅子空着
而会议已经开始
唯一的空座位，它的一杯茶
炊烟般上升着热气
显露出一个缺席者的千万分之一
他为何迟到？闹钟、交通、梦境
或者干脆已经死去
他是谁？
谁的孤儿、医生、信徒，和真理

缺席者永远缺席。但永远无法忽略
一把空椅子坐在自己的座位上
无法忽略嘴里少了一颗牙齿
总忍不住用舌头，反复舔舐空了的牙槽
无法忽略想象，虚构自己坐在空椅子上
强迫身体和思想产生一种关系
约等于把桃枝嫁接到梨树上
结出令人不安的果实

会议早已结束
一把椅子，它只是真实地空着
其余的也什么都不再指明

把自然还给自然

我喜爱，在每晚准时收看《人与自然》
——这是很好的一件事情
仿佛候鸟履行了与季节的契约

我喜爱的是雨季的草原
羚羊跳跃在绿色的火焰上
是龟裂的大地，鳄鱼眼里流出盐粒
是食草动物低着眉
是肉食动物的牙齿和速度；
是把鱼翅还给鲨鱼，把象牙还给大象
把犀牛角还给犀牛，把花衣裳还给金钱豹
把尊严还给熊、狮子和黑猩猩
是河流和风都有正确的方向
每座冰山都有恰如其分的美
是蚂蚁家族在荆棘丛搬动星月
是逆流的鲑鱼群，该洄游时绝不多逗留一秒

尤其喜爱的是：其中没有人和烟火

唯有自然是自然的主人和烟火

喜爱的是看着看着，仿佛自己就进入了电视
仿佛一只北极燕鸥
去安慰忧郁的大海和天空
仿佛一只多刺蜥蜴
漫步在沙漠的春天里

大佛

是三江之水，雕刻了大佛
又在大佛的脚趾之间浩荡起来

顺流的人和逆流的人，互为远方
只在船与船的速度里打个照面
无非是把背影留给背影
交出各自的物喜与己悲

大佛就端坐在那里
如同我端坐在岸边，处在众生的边缘
大佛却在眼中给我留了位置
遣派无名之鸟盘旋于辽阔水面
于湍流中渡我，不舍昼夜
并目送我去往对岸的空山

山顶寺庙的钟声在水的更深处流逝
顺流的大江，逆流的佛法
反复在我的岸边，东去西来

风的概论

必须是像老灵魂一样，擅长隐身
的第三只手，拨动逆转的钟。
必须反复打开又关闭，我夜晚的窗。
必须从虚无的无穷的孤独里伸出来，
让树的一生像海浪，并无片刻的静止。
必须在好天气里，抚摸我的黑发，
在坏日子里狠狠地扇我耳光。
必须在幽暗的隧道，抽真实而自我的香烟。
必须再次吹落少年的草帽，在逃离家乡的
路上。反骨的少年必须被拖入
他的第一次死亡之中。必须让一串气球
挣脱孩子的手。五颜六色的问题必须
在人间飘。必须让答案在万亩乌云里追。

干眼症

瞳孔里的树，枝叶总枯败。
即便我凝视着水。

有如一条长河，
不再流经岸上的窗户。

几分钟后，手术的栓子阻塞泪液的通道。
大海有如患者保存了自己的盐。

不存在的堤坝，被封闭的江湖，
不再灌溉脸庞的麦田和玫瑰。

大地的四季，秩序不断更迭，
悲恸和欢乐交替来临：

当现实主义的鞭子抽打无用的皮囊。
当多年后，我的孩子和伴侣步入信仰的教堂。

可人群中不再流泪的一个，
该如何理解停止幻变的自己。

318 国道

朝圣的大巴路过那场车祸
夕光中，应该是一位年轻的母亲
瘫坐在高原橘黄的国道上
怀抱雕塑般的孩子。她的泪水流往天空
驮运她们的牦牛倒在一旁的血泊中
应该是一位肇事的中年男子
在闯祸的越野车和母女之间
打着手机，在粗粝的热风中来回踱步
不远处，幽蓝的湖泊在群山的怀抱里
沉默地泛着微波

车窗玻璃过于透明，窗外的天地又异常安静
大巴车快速地通过这场哑剧般的苦难
同车前往寺庙礼佛的游客，纷纷收回目光
看着车载电视里的红男绿女
表演歌舞升平的人间，继而大笑起来

朝圣之路的海拔越来越高

318 国道两侧有更广的荒漠和戈壁
我看见，雪峰之上的乌云
集体下降了一半的高度

候车室

年轻的情侣隔着落地窗吻别
两只行李箱意外撞身，并打开彼此
大厅摆钟的嘀嗒声惊醒旧梦
那位呆滞的旅人已经错过末班车
对面手捧单薄诗集的白衣少年
于千百个向手机俯首的头颅中
站起身来，迟疑地走向检票口
他把手中的诗集放在
第二道安检机的传输带上
代表不合格的红灯亮起的时候
一辆城乡巴士正在进站
一辆长途客车即将起程

密林

——在深潭的下游，洗脸饮水
想起那些枝枯叶黄的时辰
想起与六七友人，或者八九个
在浙南深山的密林中轻声交谈
身着红装的女性友人
回头的那一眼，隐约加深了秋天的颜色

从溪涧带回书房的小石子
压住翻动的旧纸张，我反复摩挲
试图搓开它的沉默，让它说出体内
秋水和鸟鸣，繁花和野草

启明星

在疫情管控的交通卡口，
今晚我值班。拦下出城的每一辆车
哲学家般盘问：从哪里来，到哪里去？
再三确认信息：通行证是真的
体温是真的，车牌号是真的。
累计开闸放行了26辆车后的凌晨，
手机接收到来自远方的
坏消息：一个眼科医生
再没能睁开自己的眼睛。
我在值班的海边小屋中，抬起头来。
窗外，寒冷的海风吹着口哨
它黑色的脸拂过墓碑般的滩涂。
今晚，那些被允许离开的
车辆，在细雨中闪闪发光
只要沿着道路一直开下去，它们
将会抵达这座城市的机场和车站。
在那里，每一个人重新出发的时候

启明星正在破开浓重的晨雾，

指南针般的眼睛

在即将消逝的夜幕中奇迹一样地亮着。

木梯是谁偷走的

有一年我找来木梯，爬上屋顶
换掉年久的瓦片
我是在下来时突然发现木梯不见了
有可能偷走木梯的人
也爬上了自家的屋顶
像我一样，谨慎地揭开
覆盖苔藓的旧瓦片
有可能木梯又被另一个人偷走了
第一个偷木梯的人只好
躺在古老的屋脊上
在这个有可能的夜晚
我们眼睁睁看着巨轮般的群山
一口一口吞掉，夕阳的红色糖果
冷杉的桅杆升起黄金的船帆
远处的母亲河流淌黄金的时光
夜空的棋盘布满星子
流星是被对方吃掉的兵卒
是过去的人

是童年的连环画，一刹那间的幻影
红色糖果重新脱掉糖衣
可我至今没能找到被偷走的木梯
但偷木梯的人，应该和我一样
在同一个晚上跃过了旧我的深渊
像一条春天里蜕皮的蛇
连所有的痛苦都变得朴素
像我们屁股下闪光发热的新瓦片

我在春天捡到一封信

拆开它，相当于私闯民宅
看见待嫁的女子，看见
窗外的父亲，在院子里劈柴
一斧子一斧子，劈开明天的火焰
他身旁的树木重新长出叶子
看见一枚月亮下
一个粗心的邮差正从明天赶来
看见春夜里的女子，关闭门户
开始做春夜里该做的事
比如灯下写信，寄给远方另一个
拥有很多地址，事实上又没有地址
五官模糊的男子
她从晚上一直写到黎明
用古老的情绪
在长出荒草和影子的白纸上
终于写下一封，或是三行遗书
"先生：
"三日后大婚
"请你勿来。来信勿复。"

写字楼里的远方

海的蓝色眼泪白白涨落的黑夜。
雪峰的肌肤和几何学被黑夜浪费的黑夜。
草原的星星独自放牧羊群的黑夜。
北极熊替你欣赏极光的魔术的黑夜。
你替自己关进城市的格子间
——牢狱的遗址的黑夜。
手机屏幕上的星图暗了下来
握在空洞的掌中形如坟墓的黑夜。
窗外大雪暂时填补街道裂缝的黑夜。

诘问镜中自己的黑夜：
"是否已经接受了这样的一生，
"再也没有任何想要的和不能接受的事物？"
雪中事物因此失去重量，身体角落里
"落满樱花和鸟粪"的越野摩托车
也轻盈起来，在脑海中重新驱动的黑夜。
黑夜的后视镜里雪地上渐长的车辙，
被旧月亮那入世的灯盏照耀
又在黎明隐藏，虚拟的赤道。

乌合之众

众人建筑高墙，又翻越高墙
众人猎杀动物，又成为动物

众人在禁止游泳的地方游泳
众人在老虎酣睡的王国酣睡

众人诞生婴孩，又让婴孩死亡
众人步履不停。众人葬身原地

蛇与年轮

红蛇吐着红信子，在石缝间蜕皮
像换代后的古人脱去前朝的旧服
成功后的它显得欢愉
没有脚，速度却比蜈蚣快得多
我被新鲜醒目的裸体吸引，紧随其后
那是一个春日的暮晚时分

我越追越快，我超过了自己
学它一样，将自己的空壳丢在身后
它"嗖"一下钻进一个树墩的裂缝里
盘绕成一圈圈年轮——
朝南的线条疏松，朝北的密实一些

我感到疲倦，在树墩上坐了下来
屁股底下冰冷的发条正越拧越紧
好像有无数条蛇在缠绕腹中的猎物
树墩的边缘，一株新绿的嫩枝
在每一阵春风中飘忽不定

黑洞

我长久地凝视它，幽深、神秘的洞穴。

那巨大的瞳孔，也正在凝视着我。

想到很小的时候一次玩躲猫猫，

藏身被废弃的阴暗而潮湿的防空洞，

因迟迟未被找到而在其中睡了过去。

但好像那个我不曾从它的内部真正走出来。

现在，从那未知的深处，

发出空旷的声响，滚落到脚尖

我向自己抛出的一颗小石子：

如果这就是未来，

你渐渐活成了自己的敌人，

仿若野草顺从晚风的方向，

最初的你是否坚持从另一个黑洞中诞生？

而头顶崩溃的星星，正在吞噬光。

仿佛物理定律失效，

"心中的眼睛，看见宇宙的回旋"。

现在我逃脱它的引力，在被拖入之前。

但至少有三种暗物质在经过洞口时
产生了微小的弯曲：爱与被爱，
纸上故乡，以及青春的时空。

淮南煤矿宾馆没有煤

淮南煤矿宾馆没有煤。有秋日合欢树下的
青年诗人，仰望青涩果实。像即将到来的夜晚，
水杉林间的异地旅馆，窗户透出的光
和下弦月彼此吸引。从叶子的角度看下来，
一张张渴望被生活理解的脸庞。当谈及
往事和星座，远处的最后一个柿子正好掉落树底。
有我们的影子像诗歌，投在池塘的边缘。
水中不安的鱼，出现在明日早餐的刀叉之下。
淮南煤矿宾馆没有煤。
有一个意外获得的假期，在刚刚熟悉又将
很快陌生的房间，深夜饮酒
一座不可能存在的城市里，虚幻中浮现
人生大理想：喝醉三次，但只醒来两次。

野湖垂钓遇挑山工
背负一扇铁门偶得

那扇长了脚的铁门背着自己攀登
被时间废弃又被落叶收留的山路。
当它偶尔停歇在陡坡的一截木桩上
野湖里原本安睡的鱼漂骤然紧张起来，
年轮的涟漪向隐喻的边界荡开。

它的重量和位置令一串铁锈的钥匙
钟摆般摇头，像是一遍遍否定锁孔内部的奥秘。
像是低悬的乌云无端地快速移动，
满天绝对或相对的反方词在碰撞和对质
它的背影几乎消失于一场倾斜又矛盾的暴雨。

躲入一座破败寺庙的垂钓者得以暂时
置身一次对万物的清洗之外。
屋檐的水滴代替我佛敲打木鱼
有如一双掌握生活经验的手正拍打雨中之门：
被敲响始终是一扇门等待的意义

仿佛在被声控和感应所操纵的午夜走廊
唯有不断地向自己鼓掌和挥手
获得偶然而短暂的光源的回应。

但更多时候，门后的世界报之以沉默
更不必提被打开，通往迷雾中的山顶
最高的虚无的房间。

雾中之塔

偶尔露出金顶，
偶尔露出塔的一层，
白虎偶尔从塔身的图案中
挣脱，下得山来。我把自己从
塔外删去，进入塔的内部，行走。
在空间学意义上，塔消失。这是否意味
星球消失？当我日复一日行走在大地之上。

蒙太奇

我额头上的公交车站，更多的巴士在停靠。
陌生乘客在一张沉思者的脸上，蝼蚁般移动。
城市的日常，或者经验正被放映。
在矩形的玻璃银幕上，夜晚高楼的窗前。
交叉的街道是被频繁剪辑的镜头：
交替的红绿灯、天桥上吵架的情侣
倾斜而闪光的细雨，细雨中升腾着烟火
的露天烧烤摊与合力编织一件蓑衣的人群……
大地的演员意外拍摄了一部时代的默片而不自知。
但他们在窗前重叠，改变了我观察的节奏和秩序。
此刻，折射和透视已形成美学理论，
又构成另一种语言，类似于
"一个困在荒岛上的男人和一个等待在
家中的妻子的面部特写组接在一起"
一定的社会生活和思想感情正在被翻译。
在房间拉下谢幕的帘子之前
我因进了沙子而孕育珍珠的眼睛闪动在玻璃窗上

与日月的运行和星辰的明灭——

古老而永恒的场景，无休止地拼贴以及组合

产生时空之外的第三含义：内心的世界。